S. B. Zeverijn

Onze Oost-Indië vaarders

Antigonos

S. B. Zeverijn

Onze Oost-Indië vaarders

Ongewijzigde herdruk van de oorspronkelijke uitgave uit 1881.

1e uitgave 2024 | ISBN: 978-3-38690-924-2

Antigonos Verlag is een imprint van de Outlook Verlagsgesellschaft mbH.

Verlag (Uitgeverij): Outlook Verlag GmbH, Zeilweg 44, 60439 Frankfurt, Deutschland
Vertretungsberechtigt (Gemachtigde): E. Roepke, Zeilweg 44, 60439 Frankfurt, Deutschland
Druck (Drukkerij): Libri Plureos GmbH, Friedensallee 273, 22763 Hamburg, Deutschland

ONZE OOST-INDIË VAARDERS.

ONZE

OOST-INDIË VAARDERS.

DOOR

S. B. ZEVERIJN.

AMSTERDAM,
J. F. V. BEHRNS.
1881.

> If we make ourselves too little for the sphere
> of our duty — if, on the contrary, we do not
> stretch and expand our minds to the compass
> of the object — be well assured that everything
> about us will dwindle by degrees, until at length
> our concerns are shrunk to the dimensions of
> our minds.
>
> BURKE.

In het laatst van het vorige jaar werden aan belanghebbenden de volgende circulaires gezonden:

Amsterdam, 24 November 1880.

Sedert geruimen tijd heeft het bij onze Commissie een onderwerp van overweging uitgemaakt, of door haar maatregelen konden genomen worden om, voor zoo verre hare werkkring strekt, Heeren Assuradeuren in staat te stellen, zich zooveel mogelijk tegen verliezen te waarborgen.

Ten einde het resultaat harer overwegingen ten uitvoer te brengen, moest echter het tijdstip worden afgewacht, dat zij volledig op Uwen steun kon rekenen.

De ongunstige resultaten der vaart op Nederlandsch-Indië doen haar vooronderstellen dat dit tijdstip is aangebroken. Die ongunstige resultaten zijn aan verschillende oorzaken te wijten, die echter voor een deel door onze Commissie niet kunnen worden beheerscht. Onze Commissie moge trachten haren invloed te doen gelden om ze te bestrijden — het ligt buiten haar bereik te voorkomen dat schepen te zwaar worden beladen — dat schepen met zware kolenladingen uit Europa vertrekken, en, na het volbrengen van tusschenreizen in den Indischen Archipel, worden aangewend om zware suikerladingen over te voeren — onze Commissie moge wijzen op de gevaren, die daardoor ontstaan, het is haar niet gegeven om ze af te wenden. Zij heeft zich echter de vraag gesteld, of de Nederlandsche Koopvaardijvloot, die tot ons aller leedwezen zoozeer is verminderd, niet een zeker aantal schepen telt, waarvan de aanvankelijke bouw en inrichting die vaartuigen minder geschikt maakt tot aanwending in de Oost-Indische Vaart, zooals die nu wordt gedreven, tot overvoer van ladingen, zooals die tegenwoordig worden samengesteld.

Naar aanleiding van de verandering, die te dien aanzien de omstandigheden hebben ondergaan, is onze Commissie tot de overtuiging gekomen, niet alleen dat bovenstaande vraag in bevestigenden zin moet worden beantwoord, maar tevens dat Uw belang medebrengt, dat zoodanige schepen speciaal onder Uwe aandacht worden gebracht, ten einde U in staat te stellen voor Uwe belangen te waken.

Op die gronden zijn wij tot het besluit gekomen, om voortaan in de registers der Vereeniging, zoowel als in de wekelijksche opgaven, met *roode letters* te vermelden zoodanige schepen, die na gehouden expertise zullen blijken, door onderhoud wel is waar, het vereischte niet te missen om voor de Groote Vaart te worden geclasseerd, maar die door bouw en inrichting geacht moeten worden, niet volkomen geschikt te zijn om onder de bestaande omstandigheden in de Oost-Indische Vaart te worden gebezigd.

Uwe Commissie vermeent zoodoende te volbrengen hetgeen op haren weg ligt om onheilen te voorkomen. Zij hoopt dat zij bij U steun en medewerking moge vinden; dat alzoo de maatregelen, waartoe zij na ernstige overweging is gekomen. het gewenschte resultaat mogen opleveren.

Met de meeste achting noemt zich

De Commissie uit de Nederlandsche Vereeniging van Assuradeuren.

(Volgen de handteekeningen.)

Amsterdam, 14 December 1880.

In de Algemeene Vergadering op 6 December 1880 is besloten:

1º. dat verzekeringen op volle ladingen suiker van Oost-Indië naar Europa gedestineerd, bij afzonderlijk contract zullen kunnen gesloten worden op de navolgende conditiën.

   a. dat de schepen zullen moeten zijn 1ᵉ klasse Nederlandsche Vereeniging van Assuradeuren zwart, of 1ᵉ klasse Veritas of 1ᵉ klasse Engelsche Lloyd, onder uitsluiting van alle Quebec-schepen, alsmede van in Amerika gebouwde schepen ouder dan 5 jaren.

   b. tot de navolgende premiën;

4½ % v. o. 10 % naar Nederland.

5 „ „ 10 „ „ elders.

6 „ „ 5 „ „ andere plaatsen behalve Nederl.

4 „ v.v.b. naar alle havens,

onder bepaling dat gééne verzekeringen v. o. 5 % naar Nederland gesloten zullen worden.

Als volle lading zal worden aangemerkt als een schip *drie vierden of meer* van zijn tonnemaat aan suiker geladen heeft.

2°. dat, in de contracten, niet uitsluitend bestemd voor suiker-belading, de vroegere conditiën blijven bestaan, echter met die wijziging, dat voor een schip, varende onder Nederlandsche vlag, een Certificaat van de Nederlandsche Vereeniging van Assuradeuren verplichtend wordt gesteld, en wel A 1, A 2, of B 1 zwart.

3°. dat de Contracten de bepaling zullen inhouden, dat de afzender van goederen of producten, waarvan de verzekering in een of ander Contract bedoeld is, verplicht zal zijn aan den bovenstaanden Assuradeur van zoodanig Contract, van dat voornemen per aangeteekenden brief kennis te geven, alvorens met de belading zal zijn begonnen.

De Ned. Vereeniging van Assuradeuren.

Amsterdam, 15 December 1880.

Door Assuradeuren is het besluit genomen voortaan geene risico meer te loopen met schepen op de Groote Vaart onder Nederlandsche vlag dan die, welke voorzien zijn van een certificaat van zeewaardigheid der Nederlandsche Vereeniging van Assuradeuren

$$\left.\begin{array}{l} A\ 1 \\ A\ 2 \\ of\ B\ 1 \end{array}\right\} zwart.$$

Wij zijn verplicht de voorwaarden, waarop tot dus-verre onze bevrachtingen voor den overvoer van producten van Nederlandsch-Indië naar Europa werden gesloten, met deze bepaling in overeenstemming te brengen, en moeten u alzoo mededeelen dat in het vervolg bij onze bevrachtingen van Nederlandsche schepen, zoowel hier te lande als in Indië, overlegging zal worden gevorderd van een certificaat van zeewaardigheid der Nederlandsche Vereeniging van Assura-

$$deuren\ \ \left.\begin{array}{l} A\ 1 \\ A\ 2 \\ of\ B\ 1 \end{array}\right\} zwart.$$

Deze bepaling is toepasselijk op de schepen, welke van 1 Januari 1881 af uit eene Europeesche haven zullen vertrekken.

Aan schepen waarvan, behalve het verplichtend gestelde certificaat der Nederlandsche Vereeniging van Assuradeuren, nog een tweede certificaat van zeewaardigheid — hetzij van Veritas, hetzij van Lloyds Register of British and Foreign Shipping — wordt overgelegd, blijft de voorkeur toegekend.

Wij verzoeken U van den inhoud van dit schrijven aanteekening te houden en dien ter kennis der reederijen te brengen.

De Nederlandsche Handelmaatschappij:
(Volgen de handteekeningen.)

Het is van algemeene bekendheid dat het bedrijf van Assuradeur in de laatste jaren onbevredigende uitkomsten heeft opgeleverd en dat tengevolge daarvan een groot aantal Assurantie-Maatschappijen en particuliere Assuradeurs hebben opgehouden te teekenen.

Ieder die weet dat deze ongunstige resultaten voornamelijk een gevolg zijn van de steeds toenemende kleinere en grootere avarijen aan onze zeilschepen en van de daarmede gepaard gaande en bovendien nog afzonderlijk voorkomende partiëele schaden aan hunne ladingen, zal begrijpen, dat de thans nog overblijvende

Assuradeuren de besluiten die zij in de twee eerste Circulaires bekend maken, genomen hebben tot zelfverdediging.

Die besluiten, en de wijze waarop men begint er uitvoering aan te geven, worden zeer verschillend beoordeeld, zooals onvermijdelijk is waar bijzondere belangen onmiddellijk bedreigd worden.

Hierover zullen echter wel allen het eens zijn, dat die besluiten een belangrijken invloed moeten uitoefenen op de bestanddeelen die heden ten dage onze Zeilvloot voor de Groote Koopvaardijvaart uitmaken.

Het doel waarmede ik deze regelen schrijf is: *dien invloed* reeds bij voorbaat eenigszins bij benadering na te gaan, om daarna te onderzoeken wat wij kunnen doen, om hetgeen wij thans kwade gevolgen zouden willen noemen, ten goede te doen keeren.

De statistieke cijfers die omtrent onze Zeilvloot voor de groote vaart bekend zijn, geven op zich zelven reeds alle reden tot bezorgdheid, en maken het tot pligt aan die vloot alle aandacht te wijden en over hare toekomst van gedachten te wisselen.

Volgens het bekende nuttige jaarboekje: *Sweijs' Neêrlands Vloot en Reederijen*, bestond onze koopvaardijvloot voor de Groote Vaart op 1 Januarij van de navolgende jaren uit het daarachter vermelde aantal schepen en tonnen:

1860 Totaal 536 Schepen metende 244308 Tonn. N. M.
1861 „ 509 „ „ 226702 „ „ „
1862 „ 486 „ „ 218200 „ „ „
1863 „ 455 „ „ 203811 „ „ „
1864 „ 435 „ „ 196906 „ „. „
1865 „ 418 „ . „ 194502 „ „ „
1866 „ 416 „ „ 196686 „ „ „
1867 „ 407 „ „ 194500 „ „ „
1868 „ 394 „ „ 193480 „ „ „
1869 „ 391 „ „ 195711 „ „ „
1870 „ 375 „ „ 194902 . „ „ „
1871 „ 292 „ „ 175630 „ „ „
1872 „ 257 „ „ 162112 „ „ „
1873 „ 243 „ „ 167224 „ „ „
1874 „ 235 „ „ 163401 „ „ „
1875 „ 225 „ „ 181018 „ „ „
1876 „ 218 „ „ 172459 „ „ „
1877 „ 217 „ „ 185981 „ „ „
1878 „ 202 „ „ 194526 „ „ „

De Heer N. J. de Vries, die wijlen den Heer Sweijs als zamensteller van dit jaarboekje heeft opgevolgd, heeft, na 1878, deze statistiek niet voortgezet.

Volgens den pas verschenen „Staat der Ned. Zeemacht en Koopvaardijvloot" (uitgave van Tubergen & Kruysmulder) zijn echter gedurende 1880 in de vaart geweest naar plaatsen aan gene zijde van de Kaap de Goede Hoop slechts 122 schepen, metende 110.807 Tonnen N. M.

Indien deze cijfers juist zijn, en daaraan valt in hoofdzaak niet te twijfelen, dan hebben wij dus, om in ronde cijfers te spreken, in de laatste 21 jaar 4/5 van de Schepen en de helft van de tonnenmaat verloren, waarmeê wij de Groote Vrachtvaart vroeger uitoefenden; en dit terwijl de bevolking van ons Rijk in Europa en Azië in die 21 jaar sterk is toegenomen, evenals de productie en consumtie in de geheele wereld, waardoor ook de behoefte aan vervoermiddelen veel grooter is geworden.

Andere landen hebben medegewerkt tot de voldoening aan die toegenomene behoefte, en bezitten veel grootere Vloten dan ooit te voren. Wij zijn aanhoudend achteruitgegaan en doen dat nog altijd.

In Engeland is op alle werven druk werk, zoozeer zelfs dat de meeste bouwmeesters geene verdere bestellingen, die spoedig uitgevoerd moeten worden, kunnen aannemen, en bij ons . . . . staat in het geheele land geen enkel groot zeilschip op stapel.

De schepen, waarmede wij onze vloot nu en dan nog hebben aangevuld, zijn voor een groot deel in den vreemde gebouwd, zoodat onze talrijke scheepstimmerwerven ook daarbij niet gebaat zijn geweest.

Zoo stond het reeds, vóór dat de besluiten door de Nederlandsche Vereeniging van Assuradeuren werden genomen die hiervoren zijn afgedrukt.

Hoe wordt nu echter wel de toestand door die besluiten?

Met juistheid is dat nog niet te zeggen, daar er nog geen Register van Klassificatie van de Ned. Verg. is uitgekomen waarin de non-valeurs voor de Groote Vaart *met rood* zijn gebrandmerkt.

Zooveel is echter, na de aanduiding door Assuradeuren in hunne Circulaires gegeven, reeds nu te zeggen, dat in het Register voor 1882 wel niet meer zullen voorkomen dan:

50 à 60 Ned. Zeilschepen metende 55 à 65.000 Tonnen N M geklasseerd A 1 zwart.

Er blijven dan over:

70 à 80 Schepen metende 60 à 70.000 Tonnen N M die zullen vallen in de klassen A 2, B 1 en rood.

Zeer zou het mij verwonderen indien de Reederijen van 20 à 25 Schepen, metende 18 à 24.000 Tonnen N M, niet weigerden de reparatiën te bekostigen die gevorderd zullen worden om eene klasse in zwart te behouden. Wanneer wij dus aannemen dat dit aantal eene klasse *in rood* krijgt, en dus voor de vaart op O.-Indië wordt afgekeurd, dan houden wij niet anders over dan:

de bovengenoemde

50 à 60 schepen 55 à 65.000 Ton A 1 zwart, en
50 à 55   „   42 à 46.000   „   A 2 en B 1 zwart.

Mij dunkt deze cijfers, als wij ze tegenover die van 1860 stellen, „speak volumes" omtrent onzen achteruitgang op het gebied van de Vrachtvaart.

Zij doen dat nog meer wanneer wij ze eenigszins ontleden.

Alleen toch de eerstgenoemde 50 à 60 schepen zullen volledig kunnen mededingen op de Algemeene Vrachtenmarkt; de in de tweede plaats genoemde 50 à 55 kunnen dat niet; zij kunnen het zelfs niet in onze eigene koloniën!

Immers, Assuradeuren achten alleen de schepen die zij A 1 zwart zullen klasseren, onvoorwaardelijk geschikt voor den overvoer van volle ladingen suiker; en zij zullen niet alleen *geene* volle ladingen suiker met schepen A 2 of B 1 verzekeren, maar zij zullen ook die *Cascos*, als ze zoo beladen zijn, *niet* willen teekenen.

Dat zal op andere Assurantie-Beurzen, ten opzigte van die risicos, een ongunstigen indruk maken, en zoo zal de uitwerking in de practijk zijn dat deze schepen zijn uitgesloten van het vervoer van volle suikerladingen.

Dat nu wil veel zeggen.

Eigenlijk kunnen wij zeggen dat in de laatste jaren, gedurende het goede saisoen, alleen geregelde vraag op Java geweest is naar schepen, geschikt om eene volle lading suiker over te voeren naar het Kanaal voor orders, naar Amerika of naar Australië.

Partijen suiker die met de koffij, tabak enz. voor Nederland, in vroeger tijd de gemengde ladingen uitmaakten en waarvoor de schepen A 2 of B I zwart thans zouden mogen gebruikt worden, zijn op Java niet meer te vinden dan zeer sporadisch, sedert onze Nederl. suikermarkt verloopen is.

Onze suikermarkt verloopen!

Die uitspraak klinkt zeker onaangenaam en hard, maar zij bevat niets dan eene treurige waarheid.

Het verloopen van onze Java suiker-markt is een voldongen feit.

In 1870 werden in Nederland nog ingevoerd 114,625,000 kilos en in 1880 slechts 23,174,000 kilos Java-suiker.

Dit is voorzien en voorspeld, blijkens eene circulaire die mijne firma J. F. van Leeuwen & Co. in 1873 van uit Batavia aan hare handelsvrienden richtte.

De afschaffing van den suikeraccijns, waarop zij in die circulaire aandrong, schijnt niet mogelijk geweest te zijn om den toestand der schatkist. Dat is een argument waarvoor men eerbied moet hebben; maar men had, naar mijn bescheiden oordeel, dan toch een middel moeten vinden om den accijns of een invoerrecht, zóó te heffen, dat de vernietiging onzer suikermarkt niet onvermijdelijk werd. Dat had men *kunnen* doen toen wij door het vervallen der Internationale suiker-conventie de handen, ten opzichte der andere mogendheden, vrij kregen.

Zooals de heffing van den suiker-accijns nu is ingericht kunnen importeurs onze markt niet met hunne

Java-suiker bezoeken, omdat onze raffinadeurs, wegens het klassenstelsel niet kunnen koopen wat in kleur boven No. 14 komt, terwijl de Java-ladingen in den laatsten tijd, sedert de Suikerfabriekanten door de omstandigheden gedrongen werden om betere machinerien aan te schaffen, bijna allen uit No 12 tot 17, gemiddeld No. 15 bestaan.

De 50 à 55 schepen A 2 óf B 1 zwart zullen dus alleen zijn aangewezen op Gouvern. koffij en andere producten die voor Nederland bestemd zijn en vinden alzoo de grootste helft van het veld hunner werkzaamheid op Java afgesloten.

50 à 60 1e klasse schepen is dus nu het treurig overschot van die vloot die onze havens en dokken maakte tot wat wij vroeger zoo gaarne „een mastbosch" noemden.

Meer behoef ik, mijns erachtens niet te zeggen om aantetoonen dat onze Zeilvloot, in de laatste 20 jaren, het leven van een' teringlijder heeft geleid, en nu door de decreten van Assuradeuren op eens in eenen toestand gebracht wordt die het den vrienden en bekenden van den patiënt onmogelijk maakt de oogen te sluiten voor zijn *onrustbarend verval.*

Zoo dit gedeelte van de taak die ik mij had gesteld gemakkelijk te vervullen was, en zoo ik mag hopen daaromtrent allen twijfel, waar die nog bestond, opgeheven te hebben, dan komt dat, omdat ik hier de cijfers kon laten spreken.

Tot mijn leedwezen kan ik die niet zoo duidelijk laten spreken bij de beantwoording der vragen:

Was het wel noodig dat het zoo ver met onze Zeilvloot kwam? en

Moeten wij blijven achteruit gaan zooals wij in de laatste 20 jaar deden?

Op de eerste vraag is het een ondankbaar werk veel moeite te doen om naar het juiste antwoord te zoeken.

Dat onze Oost-Indische Vloot moest afnemen toen er gebroken werd met het stelsel van beurtbevrachting tot vaste vrachtprijzen en al den protectionistischen aankleve van dien, is zeer natuurlijk.

Onze Reederijen waren vertroetelde kinderen, en, toen de strijd om het bestaan aanving, ontbrak het de meesten aan de veerkracht, noodig om daarin te overwinnen.

Er *moest* dus achteruitgang komen.

De knapsten onder onze Reeders begrepen echter al spoedig wat er gedaan moest worden, om, ook bij de lagere vrachten, die het gevolg zouden worden van de opengestelde concurrentie, met voordeel te blijven varen.

Zij begonnen langzamerhand het weelderige, dat bij de inrigting en uitrusting onzer Oost-Indië-vaarders was ingeslopen, te besnoeijen en tot het noodige terug te brengen.

Tevens zagen zij in dat een schip van 1200 Tonnen op verre na niet het dubbele kost aan aanbouw, uitrusting en onderhoud, van een schip van 600 Tonnen, terwijl het toch, bij gelijkstaande vrachten, het dubbele verdient.

Van daar dat zij grootere schepen gingen bouwen of koopen.

In 1860 was de gemiddelde grootte onzer O. I. vaarders 454 tonnen N M, thans is hunne gemiddelde grootte ongeveer 1000 Tonnen N M.

Daardoor kregen wij eene vloot die kon bestaan tot vrachtprijzen waartegen men vroeger geld overboord zou gevaren hebben.

Doch ziet! daar werden de maatregelen genomen die moesten leiden tot het verloopen der suikermarkt in Nederland, en, tot overmaat van ramp, besloot de Regering, ongeveer tegelijkertijd, in het belang harer Assurantie-rekening, om de schepen voortaan niet meer dan 8000 pic. Gouvern. koffij elk te geven; dat wil zeggen niet meer dan $^1/_8$ of $^1/_4$ gedeelte eener volle lading. Weg was al het voordeel van groote schepen!

Voor volle ladingen suiker naar het kanaal, Amerika of Australië waren die groote schepen, die 24000 tot 32000 pic. laadden, niet geschikt, omdat eene lading suiker, om courant te zijn, niet grooter moet zijn dan omstreeks 1000 Tons of 16 à 17000 pic. Zij moesten dus eene lading naar Nederland zoeken. Daarvoor konden zij 8000 pic. koffij van de Factory der N H M krijgen, maar suiker werd naar Nederland weinig of niet bestemd. Ergo moest de overblijvende ruimte ad 15.000 tot 25.000 picols opgevuld worden met Tabak, Huiden enz. enz.

Ieder der gezagvoerders van Groote Schepen, die het waagde op stuk naar Nederland aan te leggen, moest ·3 a' 6 maanden op Java rondzwalken eer hij eene volle lading naar Nederland bijeen had.

Dat verdroot zelfs der Factorij, zoodat deze het noodig achtte bij het toekennen van 8000 picols koffij aan de schepen, de bepaling te maken dat de schepen, binnen 3 maanden, nadat zij een begin met laden gemaakt hadden, *moesten vertrekken*.

Die conditie van 3 maanden is al bijzonder welsprekend. Groote Goden!

Welke vrachten zouden Amerikanen en Engelschen wel voor hunne schepen vragen, als men hun eene chartepartij voorlegde met de bepaling dat zij 3 maanden voor het beladen moesten toestaan?

Bij ons daarentegen moesten de gazagvoerders de voorwaarde maken dat zij het *recht hadden* 3 maanden in lading te blijven liggen!

Het spreekt van zelfs dat onder deze omstandigheden, tusschen die groote schepen de grootste concurrentie ontstond om de betrekkelijk weinige lading voor Nederland.

De eene gezagvoerder bood aan het goed nog lager te nemen dan de ander, ten einde maar weg te komen, en zoo gebeurde het dat ik op Java connossementen zag over suiker per zeilschip naar Nederland, dus voor eene reis van 110 dagen, waarin de vracht was ingevuld tot een lager cijfer dan ik vroeger gevonden had in connossementen voor goederen per stoomboot van Nederland naar Londen, dus voor eene reis van gemiddeld 24 uren.

De gevolgen konden dan ook niet uitblijven.

De schepen kwamen hier met een vrachtmanifest dat een cijfer aantoonde waaruit tenaauwernood de afmonstering der equipage kon worden betaald. Van dividend geen sprake.

Wilde men het schip op nieuw uitrusten, dan moest er worden *bijgepast.*

Menig Reeder vroeg zich dan ook af: Wat te doen, opleggen, of eene misschien weêr even ongelukkige reis aanvaarden?

Gedurende maanden zagen wij de beste onzer groote O. I. vaarders in de havens van Rotterdam en Amsterdam werkeloos liggen, als of het nog in den gulden tijd der beurtbevrachtingen was, toen men niets voordeeligers kon doen dan stil liggende zijne beurt afwachten.

Zoo ging het de groote schepen.

De kleinere waren inmiddels oud geworden, en die welke nog A I waren, gingen, hoewel ten onregte, mede gebukt onder den druk dien de groote schepen op de vrachtenmarkt uitoefenden. Niet te vergeefs zegt het Hollandsche spreekwoord. „De kabeljaauw doet den schelvisch dalen."

De tijden waren er niet naar om groote reparatiekosten te maken; dus werden zij onvoldoende onderhouden, in noodhavens afgekeurd, of, wat het veelvuldigst voorkwam, verkocht en door de koopers in de houtvaart gebragt.

Nieuwe kwamen er niet bij; want wie wilde onder zulke omstandigheden aandeelen in schepen nemen?

Om toch iets te doen werd er van tijd tot tijd een in Canada of de Vereenigde Staten van Noord-Amerika gebouwd schip uit het vaarwater gekocht en onder Nederlandsche vlag gebragt; doch bij de meesten kwam dit nog slechter uit, daar het bleek dat die schepen, als zij eenigen leeftijd kregen, niet meer geschikt waren om onze zware Java-ladingen goed over te brengen.

Het is dus ligt na te gaan hoe het kwam dat het met onze zeilvloot ging zooals het ging.

Edoch, het had niet zoo behoeven; neen, niet zoo behooren te gaan.

Dat het zoo ging was voornamelijk te wijten aan het *consignatie-stelsel*.

Dat stelsel, ik zal er niets tegen zeggen.

Ik kan eerbied hebben voor eenen Minister van Koloniën, die, na de met de suiker opgedane ervaring, Nederland niet aan het gevaar durft bloot te stellen van ook zijne koffijmarkt te verliezen; hoewel ik voor mijzelv' overtuigd ben, dat het met de koffijmarkt anders zou loopen dan het met suiker gegaan is.

Ik wil hier dan ook alleen bespreken den invloed

dien het consignatie-stelsel op onze zeilvloot heeft uitgeoefend.

Krachtens het consignatie-stelsel is de Factory der N H M houdster van $^3/_4$ van alle Java-koffij.

Het andere $^1/_4$, dat aan particulieren toebehoort, is voor het grootste gedeelte op West-Indische wijze bereid en moet daarom, in het belang der kleur, met stoomschepen verzonden worden.

Om met ronde cijfers te spreken mag men dus zeggen dat de Factorij *alle* Java koffij, die in aanmerking komt voor verzending met zeilschepen, in handen heeft.

Dat deze Factorij daardoor eenen alles overwegenden invloed op de markt voor zeilvrachten heeft, is natuurlijk.

In haren ijver voor de haar ter behartiging gegeven Staatsbelangen, maakt de Factorij echter, geheel te goeder trouw, een schromelijk misbruik van dien invloed.

Indien onze koloniale hervormers, na hunne overwinning op de oude denkbeelden, er op bedacht geweest waren, zouden zij zeker de Ned. Handel Maatschappij wel een wenk gegeven hebben om een bescheiden gebruik door hare Factorij te doen maken van de magt haar over de vrachtenmarkt gegeven; doch dat punt schijnt ieders aandacht ontsnapt te zijn.

Daardoor is het feitelijk van het welmeenen der Factorij afhankelijk geworden te bepalen hoe de vracht zal zijn, vooral voor die schepen die om hunne grootte ongeschikt zijn op de open vrachtenmarkt meê te concurreren.

In vroeger tijden, toen men in Indië te doen had met Directiën der Factorij die onder den ouden toestand hadden gewerkt, en vrachten van f 150 en f 125 per last hadden gekend, haalde men de strengen niet zoo straf aan. Men meende toen terecht dat men tevreden mogt zijn als men zijn product weg kreeg tot de halve vracht van vroeger.

Het nieuwe bloed heeft echter, „les défauts de ses qualités."

Het streeft er naar om alles consequent te behandelen naar de moderne beginselen van onzen tijd.

Men redeneert nu met overigens, ik herhaal het, hoogst loffelijken ijver voor toevertrouwde belangen, aldus:

De Staat mag niet meer vracht betalen dan particulieren.

Als particulieren niet meer betalen dan 40 shillings per ton suiker naar het Kanaal dan mogen wij, Factorij, voor den Staat niet meer betalen dan f 40.— per last koffij naar Holland, en zijn wij zelfs verplicht, om, als wij zien dat daartoe meer schepen worden aangeboden dan wij kunnen gebruiken, te beproeven of wij de koffij niet voor f 30.—, of f 20.— of zelfs voor f 10.— per last kunnen wegkrijgen. (Er zijn voorbeelden van dat de Factorij de gezagvoerders voor de keus gesteld heeft tusschen het bijladen van koffij tot *f* 10,— of het varen met wanruimte).

Als de gezagvoerders aan particulieren meer vracht konden verdienen dan aan ons, dan zouden zij ons immers wel met de Gouvernementskoffij laten zitten!

Die redenering van den kant der Factorij zou volkomen correct zijn, wanneer zij, waar zij als afscheepster voor den Staat optreedt, inderdaad gelijk stond met een particulier koopman.

Doch dat doet zij juist *niet*.

Ik kan dat niet beter in het licht stellen dan door te antwoorden op de vraag: Hoe zou de toestand zijn, indien er geen consignatie-stelsel bestond, of m. a. w. indien alle Gouvernementskoffij op Java verkocht werd?

Dan immers zouden de ± 900.000 picols koffij die de Factorij nu alleen af te schepen heeft, verdeeld worden over al de Handelshuizen van Ned. Indië.

Wij zouden dan instede van 1 wel 20 of 30 houders hebben van koffij die om haren aard met zeilschepen verzonden moest worden.

Al deze particuliere kooplieden zouden rekening houden met pakhuishuur, brandassurantie, rente enz. (wat de Staat niet doet) en uit dien hoofde hunne koffij niet maanden lang onafgescheept laten liggen (zooals de Staat doet) maar zoo spoedig mogelijk willen afschepen.

Ieder hunner zou dus al spoedig naar scheepsruimte vragen.

Twee, drie of meer verschillende handelshuizen zou-

den het oog laten vallen op hetzelfde schip, als bijzonder voor hun doel geschikt.

Zij zouden, natuurlijk zoo bedaard en bedekt mogelijk, tegen elkaar opbieden en de gezagvoerder of
zijn agent zou het schip geven aan dengenen die de
hoogste vracht bood.

Thans niets van dit alles!

Van het *zoeken* van scheepsruimte door de Factorij
voor Gouvn. koffij is nooit sprake. Hare Directie, vooral
onder den tegenwoordigen President, is daarvoor veel te
goed koopman. Zij wacht bedaard totdat een gezagvoerder, vergezeld van zijnen agent, hem zijn schip voor
den overvoer van koffij komt aanbieden. Dan heet
het: Ja kapitein, ik zou u misschien nog wel wat
koffij kunnen geven, maar ik betaal niet meer dan
f 30 vracht. Zoo gij daar niet voor wilt varen moet
gij maar zien bij particulieren terecht te komen.

Particulieren! Een „Industrie", „Amphitrite", „Libe-
raal"; schepen van 1200 à 1400 Last! Bittere ironie! De
beide mannen houden zich groot; loopen wrevelig weg;
maar komen heel spoedig terug om toch liever eenen
zachten dood uit handen van den President der Factorij aantenemen, dan eene marteling van 4 à 6 maanden te ondergaan door het aanliggen op particuliere
lading, waarvan de houders natuurlijk wel zorgen dat
zij maar weinig meer betalen dan hun groote Con-
current de Factorij biedt.

Is dat een natuurlijke toestand? Zijn op zulk eenen

toestand de beginselen van vrijen handel toepasselijk?

Is het te verdedigen dat de Staat aldus van zijne exceptionele positie op de vrachtenmacht misbruik maakt ten nadeel zijner nijvere ingezetenen?

Zoo het antwoord op die vragen niet twijfelachtig kan zijn, even duidelijk is het, dat het tegen het belang van den Staat, als zoodanig, is, dat de tegenwoordige ongezonde toestand bestendigd zal worden.

De Regering staat niet toe dat de Gouvn. producten met andere dan Nederlandsche schepen vervoerd worden.

Waarom niet?

Omdat zij zeer terecht begrijpt:

1°. dat het in 's Lands belang is, vooral in tijden van oorlog tusschen andere mogendheden, dat er eene Nederl. koopvaardijvloot bestaat die de Ned. Gouvn. producten onder ontwijfelbaar vrije vlag vervoert;

2°. dat het voor de natie zelve van groot belang is, dat zij in het bezit blijve van eene zeilvloot;

3°. dat het voor den Staat van belang is, in mogelijke tijden van oorlog waarbij wij zelven betrokken zijn, in Nederland of de Koloniën, dat wij schepen en zeelieden hebben;

4°. dat het behoud van eene Goede Koopvaardijvloot noodzakelijk is voor het behoud van ons karakter als Koloniale- en Zeemogendheid.

Dat alles begrijpt de Regering. En toch, als er door Haar op den tegenwoordigen weg wordt voortgegaan zal onze Zeilvloot geheel verdwijnen, zooals zij nu reeds voor meer dan de helft verdwenen is.

En wat dan?

Zal de Regering dan, om weer een zeilvloot te krijgen, den bouw aanmoedigen door premies of vaste Contracten, als in den ouden tijd?

Of zal de Staat *al* zijne koffij laten overvoeren met Stoombooten?

Het eerste is niet te wenschen, omdat wij dan weer uit de frissche, versterkende buitenlucht in eene broeikas-atmosfeer zouden geraken.

Het tweede is zeer zeker niet in het belang van den Staat.

Eene Stoomboot heeft f 25 à f 50 per Last meer Vracht noodig dan een Zeilschip om te bestaan, en de Staat, die zijne koffij-veilingen over het geheele jaar verdeelt, heeft geen belang bij de 2 à 3 maanden vluggere reis van eene stoomboot.

De Staat heeft bovendien veel koffij die op de reis eene omzetting van kleur moet ondergaan, die zij wel ondergaat aan boord van Zeil-, niet van Stoomschepen.

De Staat heeft toch ook de diensten van Zeilschepen noodig voor uitgaande Goederen en Steenkolen, die geene Stoombootvracht kunnen dragen.

Het is dus ook in het onmiddellijk belang van den Staat als planter, koopman en administrateur eener Kolonie, dat de Nederlandsche Zeilschepen blijven bestaan, en dus ook dat Zijn Agent in Indië niet langer de verkeerde denkbeelden blijve toepassen die op den ondergang der Ned. Zeilvloot moeten uitloopen.

Het wordt hoog tijd dat de Regering in Nederland van gedachten wissele met de Directie der Nederl. Handel-Maatschappij, en eene regeling trachte te treffen, van dien aard, dat aan de Nederl. Zeilschepen die Gouvn. producten overvoeren, voor die diensten eene vracht worde toegekend waarbij zij kunnen bestaan. Het tegenwoordige oogenblik is voor eene behandeling van dit punt tusschen de Regering en Haren Agent juist bijzonder geschikt, omdat de N H M toch met den aanvang van dit jaar nieuwe bepalingen omtrent de stuwing en ventilering der koffijladingen heeft ingevoerd, die maken dat hoogere vracht betaald en met het systeem van 8000 pic. per schip, gebroken *moet* worden.

Er behoort eene minimumvracht vastgesteld te worden van, laat ons zeggen f 75 per Last koffij.

Dat is voor de Reeders van een schip van $\pm$ 16 à 17000 pic, zooals er voortaan vrij zeker alleen zullen gebouwd worden, indien men weer aan het bouwen gaat, niet meer dan juist bestaanbaar. Een vroeger geslacht van Reeders kon van f 75 per Last bij lange na niet bestaan.

Is in de open markt voor een ander emplooi meer dan het equivalent van dit cijfer te maken, laat dan de Nederl. schepen een ander charter aannemen. De Factorij kan meestal wel wat geduld oefenen, daar in den regel de voorraad van koffij in Nederland groot genoeg is voor eenige maanden. Kan zij niet wachten, welnu, dan moet zij ook meer dan het minimum betalen. Ieder koopman komt nu en dan in een soortgelijk geval, waar hij niet alleen meester van de markt is.

Ik geloof dat ik genoeg over dit punt heb gezegd, om te mogen vertrouwen dat, zoo deze regelen onder de oogen van den Minister van Koloniën en van de Directie der Nederl. Handel-Maatschappij en hare Factory mogten komen, deze er spoedig door overtuigd zullen zijn, dat zij tot hiertoe gedwaald hebben in de opvatting van de verhouding van den Staat tot onze vaderlandsche koopvaardijvloot.

In dit vertrouwen durf ik dan ook gerust ontkennend antwoorden op de in de tweede plaats gestelde vraag:

Moet onze zeilvloot blijven achteruitgaan zooals zij in de laatste 20 jaar deed?

Wanneer de boven geschetste kanker, die in de laatste jaren de levenskrachten onzer zeilvloot ondermijnde, geneutraliseerd wordt, dan is er zelfs alle reden om te hopen op aanmerkelijke opbeuring en op vooruitgang.

Blijkens den Ned. Ind. Regerings-almanak voor 1881, die kortelings hier ontvangen werd, aangevuld door de opgave van de Handels-Vereeniging te Batavia en door particuliere opgaven van de Buitenbezittingen, bedraagt de uitvoer van Ned. Indië gemiddeld per jaar :

77.586.000	kilos	Koffij.	1.380.000	kilos	Rotting
210.085.000	„	Suiker	1.000.000	„	Peper
15.430.000	„	Tabak	2.000.000	„	Huiden
2.280.000	„	Thee	1.168.000	„	Gom damar
7.474.000	„	Tin	420.000	„	Indigo
8.000.000	„	Rijst	555.000	„	Noten en foelie
1.520.000	liters	Arak	330.000	„	Kapok

waarbij wij voor de buitenbezittingen gerust nog mogen voegen

1.500.000 kilos Gom-Copal, Cassia Schelpen, Rotting, enz. enz.

Totaal 329.208.000 kilos.

en 1.520.000 liters.

Ik geloof niet ver van de waarheid verwijderd te zijn wanneer ik aanneem, dat voor het vervoer van al die producten, ieder jaar dooreen, eene scheepsruimte noodig is van ± 300.000 Tonnen N. M.

Hiervan hebben wij af te trekken voor de lading die omstreeks 50 stoombooten thans elk jaar van Ned. Indië afhalen, ± 80.000 „ „ „

over voor de zeilschepen ± 220.000 Tonnen N. M.

Zooals ik boven aantoonde zullen er, als alle Ned. schepen gereclasseerd zijn, hoogstens overblijven 100.000 Tonnen N. M. die in aanmerking kunnen komen om daarvoor gebruikt te worden.

Aangenomen nu dat ieder schip elk jaar eens de reis naar Oost-Indië en terug maakt, dan kunnen onze

Ned. zeilschepen dus nog niet eens de helft doen van het werk dat van Java retour te verrigten valt.

Dat is dan toch waarlijk een al te bescheiden aandeel in de vrachtvaart die onze specialiteit is.

Mij dunkt, men kan mij niet van optimisme beschuldigen, als ik beweer dat een aanzienlijk grooter aantal zeilschepen onder Ned. vlag een bestaan behoort te kunnen vinden, alleen reeds in de vaart op Ned.-Indië.

Ik zou dan ook alle Nederlandsche Reeders willen toeroepen: Slaat de handen aan het werk; tracht aandeelhouders te vinden voor het bouwen van Hollandsche schepen op Hollandsche werven, en brengt met uwe geldschieters, weer leven in de Brouwerij!

Wij moeten Scheepmakers in ons Land houden, schepen op Zee en zeelûi onder ons volk!

Doch ik zie hen ernstige gezigten zetten.

Zij vragen:

1º. Mag men, na de in de laatste jaren opgedane ondervinding, waarvan het begin en het einde was „bijpassen", het thans reeds wagen op nieuw zijn geld in Scheepsreederijen te steken en dat van anderen er voor te vragen?

2º. Gelooft gij, dat eene groote zeilvloot nog reden van bestaan heeft bij de toenemende Stoomvaart?

3º. Vreest gij niet voor de concurrentie van de fransche vloot, die straks in het leven zal treden als het premiestelsel daar zijne uitwerking begint te doen?

Die vragen zijn lang niet van gewigt ontbloot.

Toch wil ik trachten er een antwoord op te geven, dat niet geheel onbevredigd laat.

Ad 1^m. Men mag er voorzeker wel eene gewetenszaak van maken, om de gelukkige bezitters van groote of kleine fortuinen voortestellen zich bij industrieele ondernemingen te interesseren, daar zij reeds zoo dikwijls bij zulke ondernemingen slecht zijn uitgekomen, dat het heel jammer zou zijn het kapitaal nog verder afkeerig te maken van de industrie.

Nogtans, bij deze zaak, hangt het er geheel van af, hoe de zaak wordt aangelegd.

Wordt zij goed aangelegd dan bestaat er voor het kapitaal niet alleen geen gevaar, maar zelfs groote kans op behoorlijke vruchten.

Terwijl ik wensch dat de Regering door verstandige maatregelen het onnatuurlijke van den tegenwoordigen toestand neutralisere, bedoel ik tevens dat men voor het overige in hetgeen men mogt willen doen tot wederopbouw eener Nederlandsche Handelsmarine, zoo weinig mogelijk rekene op *steun* van den Staat, en dus niet speciaal het oog hebbe op het vervoer van Gouvts. producten.

Wat de handel van Java thans vraagt zijn: handige, solide schepen, wier ladingen gemakkelijk tot billijke premie op alle assurantiebeurzen verzekerbaar zijn, en die door hunne grootte bijzonder geschikt zijn voor het overbrengen van volle ladingen Suiker naar het Kanaal, Amerika en Australië.

Aan dien eisch voldoen in den tegenwoordigen tijd het best Stalen of IJzeren schepen van omstreeks 1000 Tons draagvermogen, niet Register.

Daar eene lading van 1000 Tons Suiker onder het bereik van meest alle Raffinadeurs, waar ook gevestigd, valt, is daarop onder de koopers de meeste concurrentie.

Dat verlangen de Java-exporteurs natuurlijk en zulke schepen beladen zij dus bij voorkeur.

Stalen en IJzeren schepen zijn thans bij Assuradeuren het meest gewild. De ondervinding heeft hun geleerd, dat de ladingen van die schepen verreweg de minste partiëele schade hebben.

Weinig partiëele schade is ook in het belang der eigenaars van de lading.

De preferentie van Assuradeuren voor ijzeren of stalen schepen is thans zóó groot, dat, nog vóór korten tijd, te Londen eene lading Suiker met een ijzeren schip van 3 jaar, verzekerd kon worden tot $3\frac{1}{2}$ pCt. terwijl men voor eene lading met een houten schip, van 16 jaar $\frac{8}{8}$ L 1 1 (met een kruisje, tot bewijs van speciaal toezigt op den bouw) niet teregt kon beneden $5\frac{1}{2}$ pCt. premie, met dezelfde franchise.

Tengevolge van die voorkeur van Assuradeuren en Exporteurs voor stalen en ijzeren schepen, maken die thans op alle Buitenlandsche vrachtenmarkten reeds minstens 5 pCt. hoogere vrachten dan houten schepen van gelijken leeftijd.

Men begint thans op sommige plaatsen in het Buitenland de berigten over de Vrachtenmarkt reeds te drukken met 2 kolommen, een voor houten en een voor ijzeren schepen.

Voor de Reederijen hebben de schepen van ijzer en staal tevens het voordeel dat zij minder kosten van onderhoud.

Zij behoeven niet om de 3 jaar op nieuw gekoperd en, na een zeker aantal jaren, geopend te worden.

Men loopt ook geen gevaar van de inhouten vervuurd te vinden, zooals zoo dikwijls bij houten schepen voorkomt.

Overal waar droogdokken zijn, en die hebben wij nu ook spoedig in Indië, kan een ijzeren of stalen schip, binnen enkele dagen, schoongemaakt en op nieuw geverwd worden.

Dat zijn dus de schepen die wij moeten hebben.

Tuig en inrigting moeten zoo gemaakt worden, dat men de schepen met weinig handen kan bevaren.

„Time is money" moet ook hier de leus zijn, en daarom moet zooveel mogelijk gestreefd worden naar fijne lijnen bij den bouw. Om iets te noemen, zou ik in dit opzigt zooveel mogelijk willen zien werken op het type van de vlugste, tevens mooiste en deugdzaamste schepen van onze vloot.

Ik vermoed dat zulk een ijzeren schip van 750 register tons, ladende ± 16.500 pic. suiker of 18.500 pic. koffij, zou kosten hoogstens ƒ 140.000 vrij in zee.

Als zulke schepen ƒ 25 à 30 per last uitvracht en

f 75 thuisvracht maken, moeten zij, dunkt mij, ruim kunnen bestaan.

Op zulke schepen kan de Regeering met gerustheid zelve voor een deel de assurantie loopen. Zij zullen geene of slechts onbeduidende partiëele schade aan hunne ladingen hebben. Hoe staat de Regeering daar thans bij?

Men zal mij zeker tegenwerpen dat, al betaalt de Regeering *f* 75 per Last voor zulke schepen, het er verre van af is dat dit spoedig een middencijfer van vrachtprijs zal worden bij particulieren.

Ik geloof dat die tijd voor zulke schepen niet ver meer af is.

Aangenomen dat de Factorij de vrachten niet meer drukken zal, maar ook zelve liever tot hooger vracht jonge, ijzeren schepen, van matig charter zal nemen, dan houten schepen van 10 tot 30 jaar van groot charter, dan zullen wij in Ned. Indië in nog grooter mate zien geschieden wat wij nu reeds in het Buitenland kunnen waarnemen.

Ik heb een vrachtenbericht van Londonsche Cargadoors voor mij liggen, gedateerd 12 Februari 1881, waarin de volgende noteringen voorkomen waartoe zij schepen vragen:

Riceports to Europe: 55/,, Iron vessel

Wooden vessel 2/6 less.

Calcutta to Dundee: 52/6 iron vessel

„ „ U. K. or Continent 55/,, small iron vessel.

Calcutta to direct port U. K or Continent 50/„ wooden
vessel.

Madras-Coast to London: 50/„ Small vessel.

42/6 large vessel.

Bombay to U. K. 42/6 Iron vessel.

40/„ Wooden vessel not over 1000
tons register.

Rangoon on the round from Wales 65/„ small ready
iron vessel.

Wat in die noteeringen het meest de aandacht
trekt is:

dat men nu reeds 2/6 à 5/„ meer biedt voor IJzeren schepen dan voor houten;

dat men 7/6 verschil maakt tusschen groote en
kleine schepen;

dat men voor sommige reizen enkel IJzeren Schepen
vraagt, en in het geheel geen houten wil hebben.

Op Java beginnen wij reeds hetzelfde te zien, wat
betreft de hoogere vracht die men aan kleinere tegenover grootere schepen betaalt.

In het marktberigt van de Bat. Handelsv. dd. 15
Dec. 1880 vinden wij de volgende afdoeningen:

Cometen 552 Ton £ 3 voor Suiker naar het Kanaal.

Bn. v. Pallandt v. Rosendael 1244 Ton £ 2.12/6
voor gelijke reis.

In dat van 29 Dec. 1880.

Luctor et Emergo: 677 Ton £ 3 voor Suiker naar
het Kanaal.

Ster der Hoop: 1193 Ton £ 2,12/6 voor Suiker
naar het Kanaal.

Daar zien wij dus reeds een verschil van 7/6 per ton d. i. f 9.— per Last maken ten voordeele der Schepen van matige grootte, alleen om die mindere grootte; en uit het laatste voorbeeld blijkt de geprefereerdheid van het kleinere charter nog bijzonder duidelijk omdat de „Luctor et Emergo" nog 3 jaar ouder is dan de „Ster der Hoop".

Het verschil tusschen jonge, passende, ijzeren schepen, en bejaarde, groote, houten schepen, moet dus nog veel grooter worden.

Men kan, wanneer men over toekomstige toestanden en prijzen spreekt, nooit bewijzen leveren, maar moet zich voor zijne ondernemingen op de deugdelijkheid van redeneringen verlaten.

Dat is ook hier het geval. Zekerheid kan ik niet geven, maar, mij dunkt, het ligt in den aard der zaak, dat wij voor geschikte, puike schepen in de toekomst bestaanbare vrachten moeten bedingen, en dat het aanbouwen van zulke schepen geene gewaagde onderneming is.

Ad. II^m. Ik geloof zeer zeker dat ondanks de vermeerderde Stoomvaart, eene flinke Hollandsche Zeilvloot nog reden van bestaan heeft.

De vraag is nog lang niet beslist, of, op den duur, de Stoombooten dan wel de Zeilschepen het veld zullen behouden op lange reizen.

Op Oost-Indische reizen kunnen stoombooten alleen bestaan bij hooge vrachtprijzen. En lang niet alle goederen die lange reizen moeten maken, kunnen die hooge stoombootvrachten betalen.

Ik noemde reeds Steenkolen, maar zoo zijn er uitgaande nog vele andere artikelen als: steenen, dakpannen, metalen, petroleum, aarde- en glaswerk, lucifers, teer, enz. — en thuiskomende: Suiker, Rotting, Kapok, Cassia, Arak, Ordinaire Tabak, Huiden enz. enz.

Zoo ik mij niet vergis werden in 1880 niet minder dan 100.000 Tons Steenkolen van Engeland, en 55 Ladingen Petroleum van Amerika, naar Java uitgevoerd.

De Maatschappij Nederland maakte van 1876/79 gemiddeld naar mijne berekening f 65.— per Last uitgaande en f 80.— per Last thuiskomende, en welke waren in dat tijdvak hare dividenden?

De steenkolen en de Suez-Kanaalregten zullen altijd zeer drukkende lasten voor stoombooten blijven op reizen naar Oost-Indië.

Is er ééne soort van stoombooten die op den duur de concurrentie tegen Zeilschepen in de *groote vrachtvaart* zal kunnen volhouden, dan zijn het *misschien* cargo-boats, van gemiddeld 8 mijl vaart, met een klein verbruik van kolen en weinig verlies van ruimte voor machines en kolenhokken.

De Stoombooten waartegen de Nederl. Zeilschepen

thans te concurreren hebben, kunnen op den duur alleen een bestaan vinden in het vervoer van passagiers, mails en goederen van betrekkelijk hooge waarde in verhouding tot hun volumen, of waarvoor een vlugge overtogt in het belang der kwaliteit wenschelijk is, zooals koffij op West-Indische wijze bereid.

Andere koffijsoorten, waarvan de kleur op de reis moet verbeteren, zullen altijd met zeilschepen verzonden worden, al ware de stoombootvracht ook lager; en zulke koffij maakt de meerderheid uit, dewijl daaronder behooren de Java-koffij voor minstens de helft, en alle Padang- en Macassar-koffij.

Verder herinner ik nogmaals, dat verreweg het grootste gedeelte van alle Java-suiker wordt afgescheept bij ladingen van omstreeks 1000 Tons, naar het Kanaal voor orders, om gelost te worden in eene haven van Groot-Britannië en Ierland of van het vasteland van Europa, van Bordeaux af tot Hamburg toe, en soms zelfs tot in de golf van Finland.

Voor dat emplooi zijn Stoombooten niet geschikt, al ware het alleen omdat eene Stoomboot van 1000 Tons laadvermogen, zelfs bij eene vracht van f 120 p. Last op de Groote vaart niet zou kunnen bestaan.

Het staat dus boven allen twijfel vast dat wij in de Vaart op Oost-Indië altijd eene ferme zeilvloot zullen noodig hebben, zelfs al komt de nieuwe fransche Stoomboot-lijn tusschen Nederland en Java via

Frankrijk, waarover reeds zoo lang gesproken wordt, ook tot stand.

Ad III^m. Het valt niet te ontkennen dat, nu pas in Frankrijk eene Wet is aangenomen waarbij aan Scheepsbouwmeesters eene premie van frs. 60 = f 28.50 frs. per gemeten scheepston wordt toegekend voor het bouwen van ijzeren of stalen schepen, het wel eenigszins gewaagd schijnt om nu hier te Lande ijzeren of stalen schepen te gaan bouwen.

Doch men meene niet dat die soort van schepen nu in eens in Frankrijk goedkoop zullen gaan worden.

Vooreerst zijn die f 28.50 p. ton niet geheel zuivere premie.

Om tot de zuivere premie te geraken moet men daarvan aftrekken hetgeen de bouwmeester werkelijk heeft te betalen voor inkomende regten op van het Buitenland ingevoerde grondstoffen en gereedschappen.

Die inkomende regten zijn zeer hoog.

Wijders is protectie wel het slechtste van alle middelen om goedkoop en goed werk te erlangen.

Ook zijn de Franschen over het algemeen in zaken tamelijk conservatief. Men vleije er zich dus niet meê, dat zij van plan zijn meer van de premie die zij genieten aan vreemdelingen aftestaan, dan eventjes noodig is om hun desnoods een débouché te openen voor die schepen die zij meer produceren dan zij aan fransche Reederijen kunnen slijten.

Zullen dan die, ook op hunne beurt weer beschermde

fransche Reederijen, ons misschien ook eene doodelijke concurrentie in de vrachtvaart aandoen?

Het is mogelijk dat zij het ons mettertijd eenigzin-warm maken, maar voorloopig hebben wij hare cons currentie niet te duchten.

Zij zijn ons op dat terrein nog nooit de baas af geweest, en eene bescherming, zooals die welke zij ge-nieten, is zeker de slechtst mogelijke oefenschool om er hen toe te vormen.

Wij hebben het aan ons zelven gezien. Wat zijn wij voor helden op dat terrein geworden gedurende de ± 40 jarige bescherming die wij genoten hebben? Wij zijn gedaald tot beurtschippers op Java.

Een man in een pels, stapt kalm en bedaard langs 's Heeren wegen, en wordt telkens en telkens voorbij-gesneld door iemand in een dun jasje die hard moet loopen om warm te blijven. De laatste bereikt veel eerder zijn doel dan de eerste. Wij waren vroeger en de Franschen zijn nu „de man in een pels." Thans zijn wij, met de Engelschen, „de mannen in een dun jasje." Laat ons nu echter ook hard loopen, en niet in de koû buiten blijven alsof wij nog eenen pels aan hadden.

Doch ik gevoel het, bewijzen kan ik niet, dat wij het tegen de beschermde Franschen zullen kunnen vol-houden. Ik kan de mogelijkheid, of liever de waar-schijnlijkheid, alleen aantoonen, door een beroep te doen op de lessen der geschiedenis.

Voor het overige zou ik, hetgeen aan mijn betoog

ontbreekt, willen aanvullen met de waarschuwing van Burke, die ik als motto boven dit opstel schreef:

„Wanneer wij onszelven te klein maken voor het veld van onzen pligt — wanneer wij onzen geest niet dwingen om zich over dat geheele veld uit te strekken en het zich levendig voor te stellen — weest verzekerd dat dan alles om ons heen zachtkens aan zal inkrimpen, totdat eindelijk de voorwerpen van onze zorg en belangstelling, de afmetingen zullen hebben aangenomen van onze geestelijke bekrompenheid."

Die kleinmoedigheid, waartegen Bnrke met zulke schoone woorden te velde trekt, moet ten onzent juist in het bijzonder bestreden worden op het terrein dat wij in dit opstel betreden, omdat dit gebied wel eenige aanleiding tot kleinmoedigheid gegeven heeft in den jongsten tijd.

De resultaten onzer Reederijen waren in de laatste jaren over het geheel slecht.

Aandeelen in schepen waren dikwijls nog slechter effecten dan Turken, Grieken en andere noodlijdenden, omdat men bij al die papieren, in het ergste geval, nooit meer kon verliezen dan hetgeen men er voor betaald had, terwijl men bij scheepsaandeelen telkens om bijpassing gevraagd werd en daartoe eerder overging dan tot abandonneren.

Als er iets is wat ontmoedigt, dan is het zeker dat bijpassen.

Buitendien kan men zich van een scheepspart zoo

moeielijk ontdoen. Meestal is er al den omslag van eene publieke veiling voor noodig.

Ik zie echter niet in waarom men op scheepsreederij het stelsel van naamlooze vennootschap niet zou toepassen in de toekomst.

Dat stelsel zou veel voordeel aanbieden.

Men behoeft dan geene aparte Reederij met Reederij-Contract en Reederij-Vergadering enz. voor elk schip te hebben, maar kan 6, 10 of 20 schepen in één Naamlooze Vennootschap brengen, met één stel statuten, één directeur, één algemeene vergadering en een paar deskundige aandeelhouders als commissarissen.

Men kan de aandeelen aan Toonder stellen, ze als gewone effecten laten noteeren en ze, zoodoende, elk uur verhandelen zonder eenigen omslag.

Als de aandeelen aan Toonder staan kan er nooit sprake zijn van bijpassen.

Men kan een reservefonds creëeren waaruit bijzondere verliezen worden bestreden, en, loopen de zaken heel erg tegen, dan kan men een tijdlang obligatiën uitgeven waarvoor de schepen ten onderpand strekken en die men weêr aflost zoodra de tijden van onspoed voorbij zijn.

Ik heb dit denkbeeld reeds met zeer ervaren boekhouders van schepen besproken; zonder uitzondering erkenden zij de groote voordeelen van dit stelsel. Een paar hunner hebben mij zelfs te kennen gegeven dat zij zeer genegen waren er eene proef meê te nemen.

Ik heb hen daartoe natuurlijk sterk aangemoedigd en hoop dat zij aan geene doovemans deur zullen kloppen, daar waar zij zich vertoonen.

Vele directe en indirecte voordeelen zou ons land er van kunnen plukken, indien er omstreeks *f* 3.000.000 op de been gebragt kon worden om een twintigtal stalen of ijzeren schepen van $\pm$ 800 ton N M in Nederland te bouwen en uitterusten.

Want in Nederland zelf moeten die schepen gebouwd worden.

Wanneer men, zooals ik bij toeval, in de gelegenheid is geweest om ernstig over het bouwen van stalen of ijzeren stoom- of zeilschepen in Nederland te spreken, dan komt men tot de ontdekking dat er, zelfs bij volbloed Nederlanders, een merkwaardig vooroordeel bestaat tegen de vaderlandsche en eene even merkwaardige vooringenomenheid met de Engelsche Industrie op dat gebied.

Men gelooft niet dat wij hier iets goeds kunnen leveren van dien aard.

Van daar ook, dat, terwijl alle Engelsche bouwmeesters volop werk hebben, in geheel Nederland geen enkel groot schip op stapel staat; ja, dat de Kon. Fabriek van stoom- en andere werktuigen te Amsterdam en de Fabriek te Fijenoord, om zoo te spreken, geen slag werk hebben.

Toch hebben wij verscheidene Etablissementen in ons

land, waar de kennis en de middelen voorhanden zijn, om een goed ijzeren schip te bouwen.

Zelfs hebben wij eenige in Nederland gebouwde ijzeren en composite-schepen in de vaart die met eere genoemd mogen worden.

Het kost hier te lande niets meer om een ijzeren schip te bouwen dan in Engeland.

Ginds doet men het vlugger en gemakkelijker omdat men „door oefening de kunst heeft verkregen", om, door eene gepaste verdeeling van den arbeid en door de meest geschikte machinerieën, vlug en gemakkelijk te werken.

Vele Nederlanders zullen het misschien moeijelijk kunnen gelooven, maar niettemin is het zoo: als onze scheepmakers evenveel werk hadden op hunne werven als de Engelschen, dan zouden zij hetzelfde werk even vlug en gemakkelijk doen voor lageren prijs, omdat ons arbeidsloon lager is.

Wat onze scheepsbouwmeesters nu, door gebrek aan oefening, te kort komen, kunnen zij gemakkelijk aanvullen door zich, vóórdat zij beginnen te werken, nog eens op de hoogte te stellen van het nieuwste en beste wat het Buitenland hun kan leeren.

Ten behoeve van hen die hun werk opdragen, dient bovendien een degelijk deskundige in het vak van ijzer-constructie, toezigt uit te oefenen op het werk. Dat moet een deskundige zijn, die in staat en genegen is, met raad en voorlichting te dienen, en de bouwmeesters moeten zich boven dien raad niet verheven achten. Ook zulke deskundigen tellen wij onder onze Landgenooten.

Wij hebben dus aanleiding en stof te over om eene poging te wagen om aan Scheepsbouw en Zeevaart, van ouds zulke kostelijke bestanddeelen van ons volksbestaan, weer nieuwe kracht integieten. Vatten wij die aanleiding aan, dan maken wij misschien eenen tak van nijverheid, de constructie van ijzeren schepen, nationaal, die het al lang had moeten zijn.

Verzuimen wij het, dan heeft Holland over 10 jaar geen enkel eerste klasse zeilschip meer voor de Groote Vaart, en dan zullen wij misschien Franschen of Engelschen moeten verzoeken om onze Gouvernementsproducten voor ons van Java naar Nederland over te voeren.